SPORTS
WORDSEARCHES

Phil Clarke

Illustrated by Sean Longcroft

Designed by Michael Hill

HOW TO SOLVE WORDSEARCHES

The goal of a wordsearch is to find in the grid all the
words shown below and to draw around them. In the first
wordsearches in this book, the hidden words are written
across or down the grid. From Wordsearch 8 some of the
hidden words are written diagonally, and from Wordsearch 40
onwards some of them are written backwards too.

Example puzzle   Solution

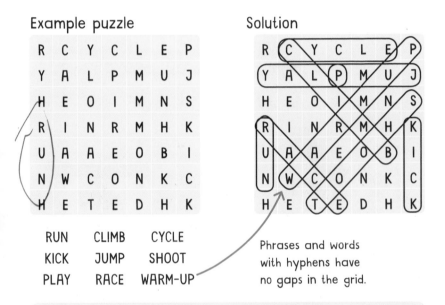

RUN   CLIMB   CYCLE
KICK   JUMP   SHOOT   Phrases and words
PLAY   RACE   WARM-UP   with hyphens have
                             no gaps in the grid.

WORDSEARCH TIPS

1. Scan across and down the grid for the first letter of your word
   or phrase, then search the letters around it for the next one.

2. Look for the longest words first: they have to start or end
   near the edge of the grid.

3. Look for words with easy-to-spot letters, such as "O" or "Q".

4. Look out for double letters, such as the "OO" in SHOOT.

5. Try to picture your target word spelled out backwards.

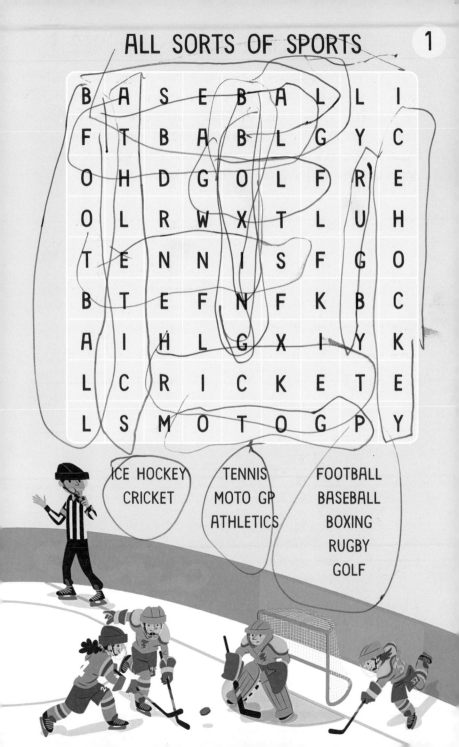

BOWLING

G	S	P	L	I	T	A	L	S
U	L	F	O	O	H	P	A	T
T	U	R	K	E	Y	P	N	R
T	F	A	S	P	A	R	E	I
E	O	M	H	U	H	O	O	K
R	U	E	O	E	G	A	M	E
A	L	L	E	Y	G	C	I	V
C	O	S	S	P	L	H	S	A
K	I	N	G	P	I	N	S	N

ALLEY   GUTTER   KINGPIN   APPROACH
GAME   SHOES   FRAME   TURKEY
                   FOUL   STRIKE
                   SPLIT   SPARE
                   LANE   HOOK
                   MISS   RACK

M	B	O	C	C	E	R	M	F
A	C	O	U	B	P	J	A	O
R	R	A	R	C	H	E	R	Y
B	O	W	L	S	P	O	B	D
O	Q	D	I	R	O	U	L	A
U	U	S	N	O	O	K	E	R
L	E	F	G	M	L	O	S	T
E	T	C	O	N	K	E	R	S
S	H	O	O	T	I	N	G	W

SHOOTING   DARTS   CROQUET
MARBLES   BOULES   CURLING
CONKERS   ARCHERY   BOWLS
BOCCE   SNOOKER
POOL

SOCCER

F	R	E	E	K	I	C	K	O
E	J	C	A	P	T	A	I	N
R	O	E	D	U	A	K	C	R
S	C	O	R	E	C	W	K	E
C	U	P	I	C	K	G	O	F
R	R	L	B	A	L	L	F	E
O	F	F	B	K	E	M	F	R
S	H	A	L	F	T	I	M	E
S	A	V	E	I	B	B	L	E

KICK OFF   BALL   FREE KICK
CAPTAIN   CROSS   REFEREE
SCORE   DRIBBLE   TACKLE
CUP   HALF TIME   SAVE

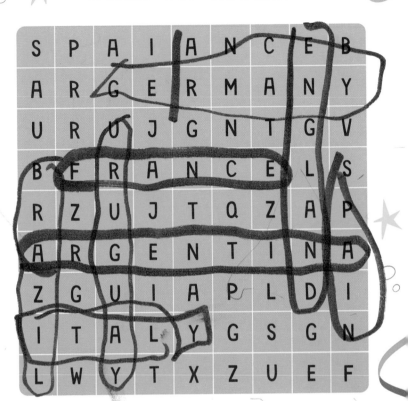

S	P	A	I	A	N	C	E	B
A	R	G	E	R	M	A	N	Y
U	R	U	J	G	N	T	G	V
B	F	R	A	N	C	E	L	S
R	Z	U	J	T	Q	Z	A	P
A	R	G	E	N	T	I	N	A
Z	G	U	I	A	P	L	D	I
I	T	A	L	Y	G	S	G	N
L	W	Y	T	X	Z	U	E	F

  ENGLAND

ITALY ARGENTINA SPAIN

SNOOKER

P	I	N	K	L	P	W	M	P
U	L	D	I	N	O	F	F	O
S	C	H	S	L	T	R	D	C
H	U	R	S	B	R	E	A	K
S	E	B	A	I	Z	E	U	E
H	B	R	O	W	N	B	V	T
O	A	E	G	C	H	A	L	K
T	L	D	O	U	B	L	E	V
P	L	A	N	T	C	L	J	C

DOUBLE	POT	FREE BALL
PLANT	BAIZE	POCKET
BREAK	BROWN	IN-OFF
PINK	CUE BALL	CHALK
RED	PUSH SHOT	KISS

R	E	M	T	Y	C	A	J	S
F	R	A	M	E	N	R	C	N
O	G	X	B	L	A	C	K	O
U	M	I	A	L	O	U	L	O
L	L	M	R	O	G	E	G	K
B	L	U	E	W	U	S	R	E
M	A	M	S	P	I	D	E	R
S	N	D	T	A	B	L	E	E
Y	C	U	S	H	I	O	N	D

MAXIMUM   BLUE   SNOOKERED
FRAME   GREEN   YELLOW
TABLE   SPIDER   BLACK
REST   CUSHION   FOUL
CUE

TENNIS

U	S	S	E	R	V	E	R	S	L
T	O	U	R	N	A	M	E	N	T
G	B	R	H	A	R	L	O	G	I
A	T	V	E	S	G	D	R	V	E
M	O	N	O	N	E	H	O	U	B
E	P	F	I	L	C	T	I	S	R
L	S	S	B	T	L	R	A	O	E
S	P	M	A	U	O	E	V	P	A
V	I	M	A	C	V	K	Y	E	K
W	N	F	O	R	E	H	A	N	D

TIE BREAK   SET   TOURNAMENT

US OPEN   GAME   FOREHAND

FAULT   MATCH   SINGLES

SERVE   TOPSPIN   VOLLEY

ACE   WIMBLEDON   LOVE

G	R	A	N	D	S	L	A	M	N
C	D	O	U	B	L	E	S	B	T
D	L	U	C	E	I	T	P	A	B
G	R	A	S	S	C	T	M	S	A
R	U	O	Y	D	E	U	C	E	C
A	M	R	P	K	Y	S	L	L	K
N	P	W	C	S	L	O	B	I	H
D	I	A	C	K	H	A	N	N	A
F	R	E	N	C	H	O	P	E	N
M	E	T	Z	Y	N	E	T	H	D

DROP SHOT	NET	FRENCH OPEN
DOUBLES	SLICE	BACKHAND
GRASS	UMPIRE	RACKET
CLAY	BASELINE	DEUCE
LOB	GRAND SLAM	LET

ROWING

M	R	E	P	E	C	H	A	G	E
I	G	S	T	R	O	K	E	G	X
D	B	A	C	K	X	L	N	C	B
D	O	I	V	Q	B	I	V	I	A
L	W	F	L	U	T	T	E	R	C
E	P	D	O	A	R	L	O	C	K
C	A	D	R	D	B	U	O	Y	S
R	I	G	G	I	N	G	V	Q	T
E	R	E	P	E	V	A	G	E	O
W	E	B	C	S	H	E	L	L	P

BACKSTOP   QUAD   MIDDLE CREW
STROKE   BUOYS   REPECHAGE
DRIVE   RATING   BOW PAIR
COX   DOUBLE   FLUTTER
OARLOCK   RIGGING
SHELL

ROWING

H	S	P	O	O	N	C	S	C	C
F	S	A	I	L	Y	A	W	N	O
E	S	C	A	T	T	T	E	P	X
A	L	D	U	T	C	C	E	O	L
T	I	X	A	L	R	H	P	W	E
H	D	G	F	B	L	A	D	E	S
E	E	I	G	H	T	C	A	R	S
R	E	C	O	V	E	R	Y	T	Y
K	H	B	O	W	M	A	N	E	S
C	A	T	H	C	A	B	O	N	H

RECOVERY   SLIDE   CATCH A CRAB
BOWMAN   SCULL   REGATTA
SPOON   BLADES   COXLESS
PITCH   FEATHER   SWEEP
YAW   POWER TEN   EIGHT

CRICKET

B	B	O	W	L	E	R	M	C	Y
O	H	F	I	E	L	D	E	R	X
U	A	F	A	Y	R	I	A	I	K
N	T	S	L	I	P	D	S	C	P
C	T	I	X	H	N	J	U	K	S
E	R	D	H	U	O	D	U	E	L
R	I	E	O	P	D	W	H	T	G
Z	C	B	A	I	L	S	Z	B	P
H	K	W	Z	S	A	S	E	A	M
U	M	P	I	R	E	H	W	T	T

BOUNCER   SLIP   BOUNDARY   DUCK
BOWLER   ASHES   HOWZAT   CREASE
BAILS   FIELDER   UMPIRE   OFF SIDE
SIX   HAT TRICK   SEAM   CRICKET BAT

CRICKET

C	T	E	S	T	M	A	T	C	H
E	W	I	C	K	E	T	P	I	B
N	I	F	G	T	S	F	A	N	S
T	F	A	O	R	O	P	V	N	T
U	G	W	E	U	M	A	I	I	U
R	O	V	G	B	R	D	L	N	M
Y	O	R	K	E	R	S	I	G	P
A	G	F	U	L	L	T	O	S	S
I	L	I	O	N	W	X	N	C	D
D	Y	L	E	G	S	I	D	E	T

CENTURY   SPIN   FULL TOSS   PADS
STUMPS   OVERS   INNINGS   YORKER
FOUR   GOOGLY   WICKET   LEG SIDE
TEA   PAVILION   RUNS   TEST MATCH

MARTIAL ARTS

K	I	C	K	B	O	X	I	N	G
H	A	P	K	I	D	O	I	A	R
W	S	R	S	V	U	O	D	U	A
I	M	U	A	Y	T	H	A	I	P
N	M	V	M	T	E	F	Q	U	P
G	A	C	B	L	E	S	P	V	L
C	A	P	O	E	I	R	A	P	I
H	B	K	U	N	G	F	U	T	N
U	P	G	R	B	U	I	O	Q	G
N	T	A	E	K	W	O	N	D	O

KICKBOXING   ARNIS   GRAPPLING
WING CHUN   KUNG FU   CAPOEIRA
HAPKIDO   MUAY THAI   KARATE
SAMBO   TAEKWONDO   MMA

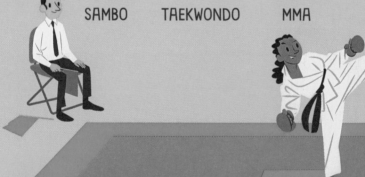

```
W  K  J  U  J  I  T  S  U  J
R  R  I  C  S  A  V  A  T  E
E  A  T  T  L  H  N  A  Q  E
S  V  A  I  K  E  D  N  O  T
T  M  S  J  E  L  A  T  R  K
L  A  N  I  N  J  U  T  S  U
I  G  I  X  D  A  J  W  O  N
N  A  N  C  O  T  S  U  V  E
G  W  U  S  H  U  V  J  D  D
J  U  O  D  A  I  K  I  D  O
```

JEET KUNE DO   JUDO   WRESTLING

NINJUTSU   AIKIDO   SAVATE

WUSHU   JU JITSU   KENDO

TAI CHI   KRAV MAGA   SILAT

BEACH VOLLEYBALL

A	D	S	F	L	O	A	T	E	R
C	J	I	I	F	T	R	V	R	M
O	N	T	N	D	F	R	S	F	O
B	S	P	I	K	E	F	O	W	A
R	O	L	L	S	H	O	T	A	J
A	J	J	P	I	R	N	U	T	U
V	O	M	H	E	O	X	S	T	M
B	U	M	P	S	E	T	O	A	Y
J	S	Y	S	C	B	L	O	C	K
A	T	T	K	C	A	U	F	K	B

ROOF   JOUST   JUMP SERVE   BLOCK   SPIKE
DINK   COBRA   ROLL SHOT   ATTACK   PEEL
FLOATER   BUMP SET   ON-TWO
SIDE OUT

T	Z	C	H	O	P	S	H	O	T
H	S	I	G	A	T	O	R	K	K
S	K	Y	B	V	L	E	K	F	S
W	P	A	S	S	B	G	D	E	K
I	A	N	D	I	R	A	L	L	Y
N	D	T	L	S	G	R	Y	P	B
D	T	E	I	Z	S	N	G	Z	A
K	O	N	G	P	A	E	A	I	L
W	I	N	O	Q	N	W	A	L	L
B	E	A	C	H	D	I	G	U	S

PASS	RALLY	CHOP SHOT	KONG	SAND
TIP	LIBERO	BEACH DIG	POKEY	WIND
	SIGNALS	ANTENNA	GATOR	
		SKY BALL		

FENCING

P	I	S	P	E	F	O	R	T	E
O	E	P	I	I	E	O	E	B	T
M	E	A	S	K	I	C	I	A	G
M	A	R	T	I	N	G	A	L	E
E	P	R	E	A	T	L	L	E	N
L	L	Y	V	O	R	Y	L	S	G
B	O	D	Y	W	I	R	E	T	A
O	A	T	T	A	C	K	Z	R	R
U	B	A	L	E	Z	T	B	A	D
T	D	I	S	E	N	G	A	G	E

BODY WIRE	BOUT	MARTINGALE
ADVANCE	FEINT	BALESTRA
PARRY	ATTACK	POMMEL
ALLEZ	EN GARDE	FORTE
FOIL	DISENGAGE	PISTE

P	B	H	T	H	R	U	S	T	E
R	E	C	O	V	E	R	Y	B	P
E	A	D	U	F	O	I	B	L	E
P	T	G	C	B	I	P	L	A	E
R	A	U	H	E	M	O	K	D	L
I	L	A	E	R	B	S	M	E	U
S	P	R	O	N	A	T	I	O	N
E	Y	D	N	M	S	E	Q	K	G
P	L	A	S	T	R	O	N	I	E
T	O	U	F	L	E	C	H	E	T

RECOVERY   EPEE   PRONATION

THRUST   FOIBLE   RIPOSTE

LUNGE   TOUCHE   FLECHE

BLADE   REPRISE   GUARD

BEAT   PLASTRON   MASK

CANOEING

C	E	S	K	E	E	L	E	V	U
A	B	L	A	D	E	F	S	N	P
P	A	D	P	D	E	C	K	K	S
S	P	R	A	Y	S	K	I	R	T
I	L	K	D	H	W	B	M	Z	R
Z	P	A	D	L	E	J	O	C	E
E	M	Y	L	P	E	N	R	H	A
S	L	A	E	O	P	M	O	U	M
E	S	K	I	M	M	O	L	T	N
C	Q	G	U	N	W	A	L	E	N

SPRAY SKIRT   BLADE   ESKIMO ROLL
UPSTREAM   KAYAK   GUNWALE
SLALOM   CAPSIZE   PADDLE
CHUTE   SWEEP
DECK   EDDY
RUN   KEEL

```
D G R B R O A C H D
O Q A X C A N O E O
W C P T T R Q C O W
B R I B E A M K B N
O B D T A S D P E S
W A S H S P R I N T
H F L A T W A T E R
A U B E E M W W Z E
N O L O M L E O L A
D O W L S P R A N M
```

BOWHAND	STEM	DOWNSTREAM
RAPIDS	DRAW	COCKPIT
GATES	CANOE	SPRINT
WASH	BROACH	STERN
BEAM	FLATWATER	HULL

GOAL SPORTS

T	R	U	G	H	O	C	K	E	Y	F
B	F	Q	P	O	G	Y	N	N	T	L
A	A	O	R	L	A	C	K	E	T	O
S	K	N	O	P	O	L	O	T	H	O
K	H	R	D	T	M	E	B	B	U	R
E	O	I	Y	Y	B	B	C	A	R	B
T	H	A	N	D	B	A	L	L	A	A
B	A	S	K	T	C	L	L	L	I	L
A	R	U	G	B	Y	L	Z	L	N	L
L	A	C	R	O	S	S	E	U	G	Q
L	O	O	R	B	A	L	I	W	Y	C

NETBALL   FLOORBALL   BASKETBALL   FOOTBALL

HOCKEY   CYCLE BALL   HANDBALL   HURLING

RUGBY   GOALBALL   LACROSSE   SHINTY

POLO   BANDY

```
S O U T H A F R I C A
W O F S W E D E N M R
I B U I T A L Y F E G
T G R T E I V K R X E
Z E U A H P S P A I N
E R G C Z K R N N C T
R M U E P I O O C O I
L A A S R A L R E E N
A N Y G S M L D E F A
N Y S U G I J A P A N
D O E N G L A N D Z R
```

SOUTH KOREA   SOUTH AFRICA

ARGENTINA   ITALY   SWITZERLAND

ENGLAND   JAPAN   URUGUAY

RUSSIA   MEXICO   FRANCE

CHILE   SWEDEN   BRAZIL

USA   GERMANY   SPAIN

BASKETBALL

S	L	A	M	R	U	N	B	U	N	S
B	L	O	C	K	N	S	W	I	S	H
F	A	S	T	B	R	E	A	K	B	O
R	Y	O	P	R	E	E	T	E	R	O
E	U	A	O	E	D	N	H	L	O	T
E	P	I	X	B	I	S	F	B	U	K
T	U	R	N	O	V	E	R	O	F	H
H	O	B	P	U	R	O	X	W	I	B
R	X	A	L	N	H	O	T	J	G	Y
O	B	L	A	D	B	A	S	K	E	T
W	S	L	A	M	D	U	N	K	F	T

SWISH   TURNOVER
POINT   BOX OUT
BLOCK   AIRBALL
BASKET   LAY UP
REBOUND   SHOOT
SLAM DUNK   ELBOW
FAST BREAK   KEY
FREE THROW

BASKETBALL

A	L	L	E	P	R	E	S	S	P	E
M	A	S	S	I	S	T	E	E	L	D
B	C	E	D	C	Z	C	B	L	N	A
A	C	A	R	K	T	R	A	V	E	L
N	O	V	I	A	O	O	C	R	F	L
K	U	O	B	N	G	J	K	G	R	E
S	R	M	B	D	O	U	B	L	E	Y
H	T	X	L	R	O	M	O	C	W	O
O	O	E	E	O	N	P	A	C	K	O
T	I	O	A	L	L	E	R	D	R	P
F	E	K	P	L	T	X	D	A	U	T

BACKBOARD	JUMP	PICK AND ROLL
DRIBBLE	CARRY	BANK SHOT
ASSIST	TRAVEL	DOUBLE
STEAL	ALLEY OOP	COURT
HOOP	FIELD GOAL	PRESS

RUGBY

S	C	R	U	N	B	D	U	M	M	Y
I	A	L	I	N	E	O	U	T	P	H
X	F	O	M	P	P	R	B	A	B	A
N	L	B	T	A	C	K	L	E	R	N
A	Y	D	U	S	T	R	Y	B	E	D
T	H	W	R	S	E	K	N	M	A	O
I	A	S	N	V	I	R	U	C	K	F
O	L	I	O	N	S	N	Z	O	D	F
N	F	X	V	U	F	B	B	J	O	U
S	E	V	E	N	S	F	D	I	W	L
C	H	A	R	G	E	D	O	W	N	L

LIONS   SIX NATIONS   TRY   TURNOVER
SEVENS   FLY HALF   SIN BIN   LINE-OUT
DUMMY   TACKLE   OVERLAP   SCRUM
HAND OFF   RUCK   BREAKDOWN
CHARGE DOWN   PASS

```
M A L L B L A C K S F
E C M M T L Z H R I O
N O R A O D H G A S R
D N G R U B B E R K W
R V R K C L P C K B A
O E U P H A D A D A R
P R O R L O C K C C D
K S P R I N G B O K S
I I A F N P R O P S A
C O N P E N A L T Y X
K N O C K O N L J B O
```

ALL BLACKS   PACK   SPRINGBOKS   LOCK

DROP KICK   HAKA   PENALTY   TOUCHLINE

GRUBBER   PROPS   MARK   CONVERSION

BACKS   KNOCK-ON

MAUL   FORWARDS

SKATEBOARDING

S	H	A	L	F	P	I	P	E	S	Y
K	S	H	I	F	T	Y	N	N	L	V
I	V	Q	P	A	N	O	L	L	I	E
N	O	L	T	K	O	A	B	F	D	R
D	T	G	R	I	P	T	A	P	E	T
Y	E	W	I	E	A	H	S	W	E	R
G	R	C	C	J	G	O	O	F	Y	A
R	A	O	K	S	H	U	V	I	T	M
A	L	R	E	U	D	B	L	D	F	P
B	I	S	K	A	T	E	P	A	R	K
A	E	P	Y	R	A	M	I	D	R	U

INDY GRAB   DECK   SKATEPARK

LIP TRICK   FAKIE   GRIP TAPE

NOLLIE   SHIFTY   REGULAR

GOOFY   PYRAMID   SHUVIT

SLIDE   HALFPIPE

AIR   VERT RAMP

SKATEBOARDING

F	U	N	B	O	X	T	L	S	V	A
R	D	Y	O	L	L	I	E	N	O	P
E	A	X	P	X	G	L	T	A	G	K
E	L	D	H	T	R	C	N	K	F	I
S	L	S	T	A	I	R	S	E	T	C
T	E	W	T	M	N	V	E	R	T	K
Y	Y	I	O	A	D	D	E	U	X	F
L	O	T	A	S	L	P	R	N	Q	L
E	O	C	Z	R	S	L	B	A	F	I
G	P	H	H	A	R	D	F	L	I	P
R	K	I	C	R	U	I	S	E	R	L

RAD   ALLEY OOP
OLLIE   FREESTYLE
GRIND   HANDRAIL
CASPER   KICKFLIP
FUNBOX   CRUISER
STAIRSET   SWITCH
HARDFLIP   STALL
SNAKE RUN   VERT

F	B	O	A	R	D	I	N	G	C	N
A	G	N	R	Z	A	M	B	O	N	I
C	A	T	C	H	E	R	G	A	L	C
E	P	U	C	K	F	A	O	L	N	I
O	H	E	C	D	R	B	A	T	C	N
F	R	I	N	G	O	A	E	E	T	G
F	T	G	Z	A	M	M	O	N	I	L
S	Q	G	O	A	L	J	U	D	G	E
P	E	N	N	E	L	T	S	E	J	C
O	Y	B	H	K	Q	A	Y	R	I	U
T	A	S	L	A	P	S	H	O	T	I

GOAL JUDGE   PUCK   FACE-OFF SPOT

CATCHER   PENALTY   SLAP SHOT

HELMET   BOARDING   ZAMBONI

ICING   GOALTENDER   STICK

```
F  P  L  A  V  R  K  N  O  E  Y
I  B  O  D  Y  C  H  E  C  K  S
S  T  A  W  L  Y  S  U  N  S  T
T  G  N  F  E  I  J  T  Q  O  A
I  G  O  V  B  R  U  R  I  R  N
C  R  E  A  S  E  P  A  B  I  L
U  E  H  B  L  U  E  L  I  N  E
F  T  S  I  O  L  N  Z  A  K  Y
F  Z  H  V  T  S  I  O  I  Y  C
S  K  R  E  D  L  I  N  E  V  U
S  Y  A  N  L  A  K  E  E  U  P
```

POWER PLAY   RINK   NEUTRAL ZONE
BLUE LINE   GRETZKY   BODY CHECK
RED LINE   GOAL LINE   FISTICUFFS
SLOT   STANLEY CUP   CREASE

JUMPING

C	R	O	S	S	B	A	R	H	F	H
H	O	R	H	P	O	L	E	V	O	T
I	C	F	H	I	R	O	C	K	S	P
T	K	L	A	N	D	I	N	G	B	O
C	B	I	N	K	A	O	N	J	U	L
H	A	G	D	P	I	T	P	T	R	E
K	C	H	S	D	R	I	V	E	Y	V
I	K	T	T	A	K	E	O	F	F	A
C	R	O	A	S	B	A	R	X	L	U
K	L	O	N	G	J	U	M	P	O	L
S	A	N	D	P	I	T	A	K	P	T

FOSBURY FLOP   HOP

HANDSTAND   SKIP

LONG JUMP   FLIGHT

HITCH KICK   LANDING

TAKE-OFF   CROSSBAR

SANDPIT   ROCK BACK

SPRINT   POLE VAULT

DRIVE

JUMPING

V	H	A	P	P	R	O	A	C	H	D
A	D	O	U	B	L	E	A	R	M	A
U	A	J	S	T	R	A	P	L	F	N
L	L	N	H	I	G	H	J	U	M	P
T	R	I	P	L	E	J	U	M	P	O
I	U	E	U	N	W	A	Y	P	E	P
N	N	P	L	A	N	T	L	D	P	D
G	W	H	L	E	I	K	I	C	K	A
B	A	A	M	Z	A	R	U	N	W	R
O	Y	N	W	A	T	S	T	R	I	C
X	C	G	C	S	T	R	E	T	C	H

VAULTING BOX	KICK	RELEASE
DOUBLE ARM	PLANT	STRIDE
APPROACH	STRETCH	HANG
RUNWAY	PUSH PULL	
ARCH	HIGH JUMP	
MAT	TRIPLE JUMP	

STICK, BAT, RACKET, CLUB

P	S	Q	U	A	S	H	R	T	P	E
E	O	T	B	L	O	T	Q	G	E	R
L	F	L	I	A	Y	K	U	O	L	E
O	T	H	O	C	K	E	Y	L	O	A
C	B	A	T	R	K	H	A	F	T	L
R	A	E	T	O	A	B	V	P	A	T
O	L	F	M	S	E	C	A	Y	A	E
Q	L	A	P	S	J	L	K	L	L	N
U	M	O	A	E	L	A	P	E	L	N
E	H	B	C	R	I	C	K	E	T	I
T	A	B	L	E	T	E	N	N	I	S

STICKBALL	POLO	TABLE TENNIS
BASEBALL	HOCKEY	SOFTBALL
CRICKET	RACKETS	CROQUET
PELOTA	LACROSSE	SQUASH
GOLF	REAL TENNIS	LAPTA

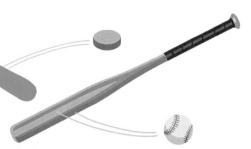

R	O	U	X	D	E	B	A	N	D	Y
A	S	J	A	I	P	B	N	E	R	O
C	C	O	R	K	B	A	L	L	R	E
K	Y	D	E	K	B	D	L	O	O	X
E	J	T	X	T	L	M	G	A	U	I
T	A	H	U	R	L	I	N	G	N	S
B	I	E	X	B	V	N	D	Y	D	T
A	A	E	L	O	T	T	V	L	E	E
L	L	N	F	L	I	O	H	E	R	R
L	A	X	D	T	E	N	N	I	S	A
W	I	F	F	L	E	B	A	L	L	H

BADMINTON	OINA	RACKETBALL
XISTERA	TENNIS	ROUNDERS
VIGORO	HURLING	JAI ALAI
BANDY	CORKBALL	PALANT
ELLE	WIFFLEBALL	XARE

HIGHLAND GAMES

H	A	G	G	I	S	H	U	R	L	O
A	I	C	T	O	T	R	I	G	S	R
M	E	O	A	U	O	V	T	E	H	S
M	H	W	R	B	N	M	P	H	E	P
E	I	A	T	S	E	I	I	T	A	O
R	L	L	A	T	P	R	G	U	F	R
T	L	R	N	G	U	Q	T	G	T	R
H	R	K	A	R	T	S	S	O	O	A
R	A	B	I	B	S	U	S	W	S	N
O	C	A	C	L	A	N	S	A	S	S
W	E	I	G	H	T	T	H	R	O	W

SHEAF TOSS   TRIG   WEIGHT THROW   CLANS

HILL RACE   TARTAN   TUG O WAR   SPORRAN

COWAL   STONE PUT   BAGPIPES   CABER TOSS

KILT   HAGGIS HURL   BIBS   HAMMER THROW

```
H C R O K E P A R K G
A L L C S J F E A R A
R H O K O H E R I B H
D L H R L F T G U L A
B O H U O K C A M A N
A N O U R U H W P C D
L E O T R L N M I K B
L W K A V L I D R C A
C A M O G I E N E A L
A L L E Y K E Y G R L
S L I O T H A R I D S
```

ROUNDERS	HOOK	BLACK CARD
SLIOTHAR	FETCH	HANDBALL
HURLING	UMPIRE	ONE WALL
CAMAN	CAMOGIE	HURLEY
ALLEY	HARDBALL	BLOCK
PEIL	CROKE PARK	SOLO

SURFING

C	R	E	S	U	R	F	S	U	P	R
T	O	G	O	O	F	Y	F	O	O	T
U	R	F	S	U	P	F	N	I	I	E
B	L	O	P	I	P	E	L	I	N	E
E	D	P	U	N	T	L	Z	O	T	T
R	E	R	E	G	E	K	T	S	B	H
I	C	K	N	W	H	S	E	C	R	E
D	K	A	S	H	B	R	J	C	E	D
I	H	E	T	M	C	A	D	L	A	R
N	G	O	O	F	T	Q	I	C	K	O
G	W	T	P	G	N	A	R	L	Y	P

GOOFY FOOT	DECK	POINT BREAK
SURF'S UP	CREST	TOMBSTONE
PIPELINE	THE DROP	TROUGH
GNARLY	HANG TEN	BAIL
SWELL	TUBE RIDING	FIN

S	W	I	T	C	H	F	O	O	T	S
W	W	N	X	E	E	P	O	P	U	P
R	I	P	T	I	D	E	R	I	R	L
K	P	H	G	R	O	M	M	E	T	O
I	E	C	D	X	S	I	L	U	L	N
C	O	W	A	B	U	N	G	A	E	G
K	U	W	E	R	O	C	K	E	R	B
O	T	C	R	I	V	M	I	D	O	O
U	E	D	I	N	G	E	M	K	L	A
T	U	R	A	L	E	R	A	E	L	R
P	B	E	L	L	Y	B	O	A	R	D

WAX
CARVE
POP UP
RIPTIDE
KICK OUT
GROMMET
SWITCHFOOT

TURTLE ROLL
COWABUNGA
BELLYBOARD
LONGBOARD
WIPEOUT
ROCKER
AERIAL
DING

TEST CRICKET TEAMS

G	N	E	W	Z	E	A	L	A	N	D	K
A	U	W	S	T	R	L	H	I	D	U	X
C	P	B	E	N	E	W	L	N	N	L	B
I	N	A	T	S	I	N	A	H	G	F	A
R	A	B	K	I	T	L	G	V	D	U	N
F	O	M	Q	I	E	I	X	L	S	N	G
A	F	I	G	R	S	R	N	T	A	V	L
H	I	Z	I	T	H	T	R	D	S	N	A
T	N	D	M	Z	R	A	A	O	I	F	D
U	T	G	N	S	L	N	J	N	D	E	E
O	B	S	R	I	L	A	N	K	A	R	S
S	B	N	A	T	Z	N	T	W	B	F	H

NEW ZEALAND   IRELAND   SOUTH AFRICA

AUSTRALIA   PAKISTAN   BANGLADESH

ZIMBABWE   WEST INDIES   SRI LANKA

INDIA   AFGHANISTAN   ENGLAND

Y	T	R	O	H	S	E	N	O	B	A	L
R	U	N	O	U	T	M	Y	V	Y	S	F
A	O	I	I	L	Y	R	S	Z	X	I	T
N	T	F	O	L	L	O	W	O	N	X	U
D	H	I	X	A	I	S	W	A	C	B	O
O	G	T	H	B	R	X	L	B	F	A	D
B	U	C	D	E	A	D	B	A	L	L	E
S	A	F	M	D	L	N	O	B	A	L	L
E	C	A	U	I	R	B	Q	D	S	O	W
Y	E	W	S	W	O	Y	U	J	U	V	O
B	O	U	N	D	A	R	Y	O	P	E	B
W	I	D	E	P	M	U	T	S	D	R	P

BOWLED OUT   BYES   SIX BALL OVER

ONE SHORT   RUN OUT   DOUBLE HIT

WIDE BALL   BOUNDARY   DEAD BALL

NO BALL   FOLLOW ON   STUMPED

LBW   CAUGHT OUT   BEAMER

SUMMER OLYMPICS VENUES

I	W	O	Y	P	U	H	M	J	U	K	N
S	E	L	E	G	N	A	S	O	L	O	A
I	M	Y	N	X	U	T	G	B	Q	M	N
R	I	O	D	E	J	A	N	E	I	R	O
J	R	C	Y	L	A	M	I	C	R	S	L
D	B	Y	S	O	U	E	J	F	S	F	E
K	S	I	T	N	N	O	I	M	C	Y	C
A	N	O	I	D	X	I	E	O	H	D	R
K	E	C	Y	O	M	S	B	S	P	A	A
B	H	A	A	N	D	L	E	C	B	A	B
X	T	L	A	E	R	T	N	O	M	Z	G
V	A	T	L	A	N	T	A	W	G	J	O

BARCELONA   ATHENS   RIO DE JANEIRO
MUNICH   LONDON   MONTREAL
BEIJING   ATLANTA   MOSCOW
SEOUL   LOS ANGELES   SYDNEY

WINTER OLYMPICS VENUES

C	A	L	G	A	R	Y	D	Y	R	O	S
K	S	S	J	S	E	J	J	A	Q	N	A
C	I	D	A	H	M	E	P	L	U	T	L
U	T	L	G	R	M	P	X	B	H	S	T
R	Q	D	I	C	A	L	P	E	K	A	L
B	D	U	O	S	H	J	T	R	J	P	A
S	P	R	O	Y	E	Z	E	T	A	P	K
N	G	C	N	V	L	D	U	V	E	O	E
N	H	A	A	Z	L	R	G	I	O	R	C
I	A	Z	G	N	I	P	T	L	E	O	I
G	C	K	A	N	L	N	Z	L	G	Y	T
D	V	A	N	C	O	U	V	E	R	N	Y

LILLEHAMMER   TURIN   SALT LAKE CITY

INNSBRUCK   SAPPORO   LAKE PLACID

CALGARY   VANCOUVER   SARAJEVO

SOCHI   ALBERTVILLE   NAGANO

CAR RACING

S	L	I	P	I	T	S	T	O	P	T	I
X	P	L	A	P	P	E	D	X	G	Z	E
M	A	S	L	S	T	I	U	C	R	I	C
A	Q	U	N	P	L	A	N	Q	A	E	R
E	U	Q	O	C	O	N	O	M	V	Y	O
R	A	C	I	N	G	L	I	N	E	S	F
T	P	I	T	K	N	A	L	P	L	Z	N
S	L	E	A	P	E	R	I	T	T	W
P	A	V	M	P	T	S	C	D	R	Z	O
I	N	N	R	M	E	K	O	W	A	W	D
L	E	S	O	J	S	X	Q	T	P	W	F
S	S	A	F	E	T	Y	C	A	R	T	P

SAFETY CAR   APEX   GRAVEL TRAP   SLICKS

SLIPSTREAM   CIRCUIT   DOWNFORCE   PIT STOP

PLANK   AQUAPLANE   LAPPED   RACING LINE

LAPS   MONOCOQUE   DRAG   FORMATION LAP

S	T	E	N	A	C	I	H	C	G	F	P
C	R	E	T	I	R	E	M	E	N	T	O
X	O	C	K	E	P	I	T	M	I	X	L
I	V	N	V	Y	N	K	I	A	Y	G	E
R	E	I	S	R	E	M	P	N	F	T	P
P	R	L	T	T	O	M	K	I	I	O	O
D	S	B	E	E	R	Q	C	H	L	C	S
N	T	G	W	M	O	U	O	D	A	W	I
A	E	S	A	E	Q	R	C	N	U	G	T
R	E	T	R	L	M	E	O	T	Q	D	I
G	R	I	D	E	F	M	E	T	O	G	O
U	B	O	T	T	O	M	I	N	G	R	N

RETIREMENT   FLAGS   POLE POSITION

BOTTOMING   COCKPIT   QUALIFYING

STEWARD   TELEMETRY   OVERSTEER

MONACO   GRAND PRIX   CHICANE

GRID   CONSTRUCTOR   DRIVER

J	U	S	G	R	I	D	I	R	O	N	H
I	D	Z	W	J	N	O	D	N	M	L	E
K	L	O	F	E	T	B	Q	M	H	N	L
P	E	S	U	P	E	R	B	O	W	L	M
N	I	H	P	N	R	P	J	U	K	E	E
R	F	U	L	L	C	O	N	T	A	C	T
H	K	O	A	K	E	E	W	H	S	U	R
U	C	O	N	O	P	Q	O	G	R	K	H
D	A	L	T	X	H	D	U	C	S	J
D	B	E	F	A	I	R	C	A	T	C	H
L	I	E	W	A	O	H	S	R	F	H	E
E	E	K	A	C	N	A	P	D	S	A	P

FULL CONTACT   JUKE

MOUTHGUARD   RUSH

FAIR CATCH   SWEEP

BACKFIELD   HELMET

HUDDLE   GRIDIRON

PLANT   PANCAKE

DOWN   SUPERBOWL

SACK   INTERCEPTION

AMERICAN FOOTBALL

N	O	I	S	S	E	S	S	O	P	V	S
L	W	Q	H	U	F	I	W	E	N	Z	R
A	B	M	O	B	D	U	F	W	F	C	E
O	H	B	U	E	G	C	U	Y	O	H	D
G	U	L	L	K	A	T	M	N	T	A	A
D	O	I	D	O	C	A	B	K	H	I	E
L	N	T	E	A	C	C	L	E	A	N	L
E	Y	Z	R	M	I	K	E	T	N	G	R
I	X	Z	P	I	U	L	O	F	D	A	E
F	Q	G	A	X	R	E	D	Z	O	N	E
N	W	O	D	H	C	U	O	T	F	G	H
R	Y	B	S	T	M	W	O	N	F	Y	C

TOUCHDOWN	BOMB	CHEERLEADERS
POSSESSION	TACKLE	CHAIN GANG
HAND OFF	SIDELINE	RED ZONE
BLOCK	FIELD GOAL	FUMBLE
MIKE	SHOULDERPADS	BLITZ

GOLF

W	A	T	R	E	H	Z	A	D	R	S	V
H	D	L	E	A	P	P	R	O	A	C	H
T	R	O	L	L	E	Y	K	L	Z	O	P
B	A	C	K	S	W	I	N	G	K	R	B
U	Z	A	H	O	B	U	L	C	H	E	I
G	A	D	O	I	F	M	G	F	S	C	R
G	H	D	Q	A	P	H	A	P	O	A	D
Y	R	Y	R	L	G	S	I	R	U	R	I
G	E	U	P	U	R	K	H	Z	K	D	E
T	T	H	O	L	E	I	N	O	N	E	B
M	A	R	K	S	E	P	U	T	T	E	R
S	W	O	O	P	N	R	G	P	O	D	S

WATER HAZARD   FORE

SCORE CARD   BIRDIE

BACKSWING   CADDY

MARKER   SPIKES

PUTTER   ROUGH

BUGGY   TROLLEY

GREEN   CHIP SHOT

WOOD   APPROACH

CLUB   HOLE IN ONE

R	Y	D	E	B	O	G	E	Y	C	C	O
A	G	Y	A	W	R	I	A	F	F	L	N
B	H	E	G	D	E	W	S	L	Q	U	J
N	A	Z	A	S	A	K	A	I	F	B	K
I	N	L	K	L	G	E	N	P	R	H	X
P	D	N	L	J	L	U	U	O	B	O	I
S	I	A	H	T	E	C	O	U	N	U	N
K	C	S	W	E	R	D	N	A	T	S	S
C	A	L	L	E	W	K	Y	N	D	E	L
A	P	Q	D	D	E	K	U	X	F	V	I
B	A	Y	D	R	E	V	I	R	D	Y	C
D	R	I	V	I	N	G	R	A	N	G	E

PAR   DRIVING RANGE
IRON   RYDER CUP
FLAG   HANDICAP
WEDGE   BACKSPIN
DRIVER   BUNKER
FAIRWAY   BOGEY
CALLAWAY   EAGLE
CLUBHOUSE   SLICE
ST. ANDREWS   TEE

Y	R	T	N	U	O	C	S	S	O	R	C
F	A	L	S	E	S	T	A	P	E	O	F
S	F	F	P	L	S	L	P	R	P	E	U
B	A	I	D	S	T	A	T	I	O	N	E
G	L	N	P	S	O	P	C	N	N	E	T
H	S	I	Z	Q	P	S	U	T	Y	R	A
U	E	S	W	P	W	B	Z	J	A	G	P
R	S	H	Q	U	A	D	S	C	E	Y	H
D	T	L	E	T	T	C	K	C	Z	T	F
L	A	I	O	A	C	X	E	K	W	Z	D
E	R	N	C	T	H	E	W	A	L	L	U
S	T	E	E	P	L	E	C	H	A	S	E

FALSE START   LAPS   CROSS COUNTRY
STOPWATCH   QUADS   AID STATION
ENERGY   HURDLES   THE WALL
BATON   FINISH LINE   SPRINT
PACE   STEEPLECHASE   TRACK

H	Y	D	R	A	D	P	I	O	N	T	U
H	O	N	Y	O	U	R	M	A	R	K	S
A	R	Z	P	M	A	R	A	T	H	O	N
M	A	L	R	A	U	Y	N	O	Q	E	O
S	T	A	R	T	E	R	S	G	U	N	I
T	W	N	C	G	H	K	C	W	S	D	T
R	F	E	L	C	C	A	R	S	D	U	A
I	V	S	T	O	Z	C	E	C	A	R	R
N	A	I	L	H	F	N	L	F	S	A	D
G	T	B	K	U	T	E	A	G	H	N	Y
S	E	T	P	I	M	D	Y	N	S	C	H
L	A	N	F	S	H	I	R	O	V	E	R

MARATHON	RACE	ON YOUR MARKS
HYDRATION	LANES	HAMSTRINGS
BLOCKS	WARM UP	FITNESS
RELAY	ENDURANCE	STITCH
SET	STARTER'S GUN	DASH

BOXING

L	E	F	T	J	A	B	F	N	D	U	S
F	H	I	R	E	T	O	M	O	R	P	E
O	C	S	Q	A	O	K	T	I	O	E	P
O	N	T	S	T	C	O	Y	T	L	I	O
S	U	C	W	O	R	P	U	A	C	H	R
T	P	O	L	V	R	C	L	N	O	K	E
W	R	B	N	S	R	C	L	I	N	C	H
K	E	F	Y	E	P	M	F	B	E	O	T
R	K	K	P	V	F	R	C	M	T	U	N
O	C	P	B	O	D	B	L	O	W	N	O
M	U	K	L	L	G	K	G	C	E	T	Y
S	S	R	I	G	H	T	H	O	O	K	O

ON THE ROPES   BLOCK   LEFT JAB
SUCKER PUNCH   COUNT   CROSS
COMBINATION   GLOVES   BLOW
RIGHT HOOK   UPPERCUT
PROMOTER   FOOTWORK
CLINCH
FIST

BOXING

C	O	R	E	K	A	M	Y	A	H	X	O
O	P	E	N	A	L	O	W	B	L	O	W
U	P	V	I	V	F	S	R	B	K	G	E
N	F	A	D	N	U	O	R	U	N	R	H
T	O	E	R	I	D	U	C	I	O	E	O
E	O	W	L	R	H	T	R	T	C	N	L
R	K	D	Z	C	Y	H	J	D	K	R	D
P	A	N	T	B	L	P	I	N	D	O	I
U	Z	A	G	E	T	A	Y	T	O	C	N
N	M	B	W	L	O	W	B	L	W	U	G
C	B	O	E	L	U	A	U	F	N	P	W
H	T	B	O	U	T	N	J	O	P	Y	O

PARRY   RING   BOB AND WEAVE

BOUT   TOWEL   COUNTERPUNCH

BELT   ROUND   KNOCKDOWN

CORNER   HAYMAKER

LOW BLOW   HOLDING

SOUTHPAW   MATCH

BELL

SKIING

S	P	A	P	O	W	D	E	R	E	R	B
Y	H	O	A	X	O	G	Y	T	M	A	U
Z	T	I	R	O	M	T	S	J	C	C	N
P	A	R	A	D	X	I	D	K	H	E	N
E	S	E	L	O	P	W	C	L	N	L	Y
P	I	S	L	A	L	O	M	Y	W	B	S
O	S	M	E	L	U	Z	L	F	W	A	L
L	K	E	L	N	M	N	W	M	P	C	O
S	B	U	T	T	O	N	L	I	F	T	P
Y	T	R	U	A	H	N	F	G	H	Z	E
R	Y	I	R	E	G	N	I	V	R	A	C
D	O	W	N	H	I	L	L	A	T	R	Y

BACK COUNTRY   PISTE   PARALLEL TURN

BUNNY SLOPE   SLALOM   ST. MORITZ

CABLE CAR   DRY SLOPE   DOWNHILL

POWDER   BUTTON LIFT   CARVING

POLES   GATES

DROP

B	L	A	C	K	S	L	O	P	E	E
I	Z	E	L	Y	T	S	E	E	R	F	Y
N	T	O	T	Q	E	X	A	Z	Z	I	P
S	K	I	J	U	M	P	I	N	G	L	D
C	R	O	S	S	C	O	U	N	T	R	Y
H	A	K	X	H	H	K	G	X	E	I	O
A	S	I	Y	H	R	N	M	Q	L	A	R
M	O	G	U	L	I	E	H	E	E	H	U
O	P	F	F	D	S	F	S	Y	M	C	D
N	T	W	N	N	T	P	S	O	A	B	R
I	D	I	H	C	I	T	N	C	R	S	O
X	B	X	D	E	E	P	S	V	K	T	C

BLACK SLOPE   PIZZA   CROSS COUNTRY
FREESTYLE   BINDING   SKI JUMPING
CHAIRLIFT   TELEMARK   CHAMONIX
MOGUL   CORDUROY   RESORT
TUCK   STEM CHRISTIE   SPEED

Y	T	I	G	H	R	E	N	D	Q	R	R
T	S	O	F	F	E	N	S	I	V	E	U
E	I	G	U	A	V	D	H	Q	N	K	N
F	L	G	A	J	I	M	M	R	L	C	N
A	A	C	H	N	E	W	U	K	I	A	I
S	I	E	N	T	C	T	U	C	T	B	N
V	C	H	D	R	E	M	M	A	J	E	G
R	E	Z	O	R	R	N	M	B	Z	N	B
B	P	X	K	L	E	O	D	P	K	I	A
A	S	C	Z	G	D	R	A	U	G	L	C
T	I	G	H	T	I	E	N	C	Z	O	K
K	J	A	M	M	W	E	R	N	E	R	O

RUNNING BACK   SAFETY   KICK RETURNER

OFFENSIVE   HOLDER   LINEBACKER

JAMMER   SPECIALIST   TIGHT END

GUARD   WIDE RECEIVER   UPBACK

```
D N E E V I S N E F E D
D I M E B A C K Y J Q R
I C E K C A B L L U F E
J K K G Y R F S A Z K P
R E N R U T E R T N U P
L L O Q G N T K I A U A
T B U N T E N Z C N G N
Y A M A R I P E T I Z S
L C C B C H U E R T K G
Q K A K X T R E B U J N
S C G Z L V Z W B Z Q O
K C A B R E N R O C Z L
```

LONG SNAPPER   PUNTER   PUNT RETURNER

NICKELBACK   FULLBACK   DEFENSIVE END

GUNNER   CORNERBACK   QUARTERBACK

TACKLE   DIMEBACK

KICKER

SAILING

M	D	S	W	I	N	D	W	A	R	D	B
T	A	F	J	Y	D	J	C	L	E	A	T
D	E	A	Z	H	M	X	U	R	K	E	M
L	H	L	E	E	W	A	R	D	A	K	Y
G	A	P	S	Y	B	K	R	S	N	N	D
I	R	S	H	E	E	T	E	J	N	N	N
W	A	Z	H	D	O	W	N	W	I	N	D
R	E	H	G	R	I	L	T	W	P	B	S
Z	L	L	Y	N	O	L	P	J	S	T	K
J	C	Q	C	U	R	U	D	D	E	R	Q
C	F	H	N	X	L	F	D	M	T	O	D
C	L	E	A	B	T	F	A	S	Q	P	T

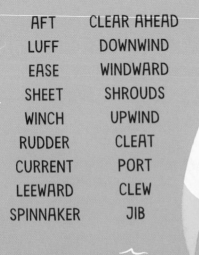

AFT   CLEAR AHEAD
LUFF   DOWNWIND
EASE   WINDWARD
SHEET   SHROUDS
WINCH   UPWIND
RUDDER   CLEAT
CURRENT   PORT
LEEWARD   CLEW
SPINNAKER   JIB

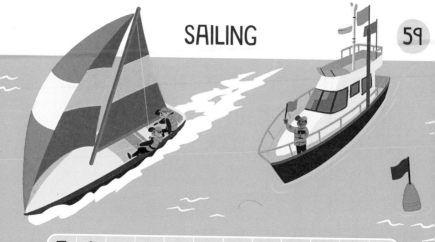

T	I	L	L	E	R	W	Z	U	O	J	B
S	E	S	T	A	R	B	O	A	R	D	O
A	T	A	C	K	I	N	L	B	D	T	O
M	A	I	N	S	A	I	L	E	E	C	H
C	O	M	E	A	B	O	U	T	C	L	V
K	H	G	T	M	C	O	H	X	K	W	G
M	A	N	T	K	W	C	O	P	T	N	A
S	L	I	A	S	E	H	T	M	I	R	T
Q	Y	G	B	X	K	Q	T	K	I	D	X
R	A	G	G	I	C	O	C	K	P	I	T
A	R	I	X	B	O	A	M	H	E	T	S
K	D	R	M	S	T	E	R	N	E	G	V

MAST   DECK   BLOCK   BATTEN   MAINSAIL   STARBOARD
HULL   BOOM   TILLER   RIGGING   HALYARD   COME ABOUT
BOW   STERN   LEECH   TACKING   COCKPIT   TRIM THE SAILS

NETBALL

T	R	U	O	C	F	O	T	U	O	T	R
G	A	L	E	A	N	I	N	G	P	O	L
F	O	O	T	W	O	R	K	O	I	O	S
Q	R	A	B	K	I	F	G	A	V	F	S
S	U	B	R	L	X	D	F	L	O	G	A
S	S	A	P	T	R	O	H	S	T	N	P
D	M	C	R	E	D	D	F	H	I	I	T
M	A	K	P	T	E	G	U	O	N	D	S
N	E	L	O	N	E	E	F	O	G	N	E
P	A	I	N	O	F	R	R	T	L	A	H
Y	O	N	E	O	N	O	N	E	J	L	C
F	E	E	O	N	A	L	Z	R	J	N	N

FEED   GOAL SHOOTER

DODGE   OUT OF COURT

OFFSIDE   ONE ON ONE

PIVOTING   FOOTWORK

BACK LINE   QUARTER

CHEST PASS   LEANING

SHORT PASS   REPLAY

LANDING FOOT   MARK

NETBALL

S	S	A	P	R	E	D	L	U	O	G	S
W	T	A	E	C	N	U	O	B	D	E	V
I	H	V	N	A	Q	K	C	O	L	B	V
N	R	E	A	H	O	D	M	C	S	W	N
G	O	A	L	T	H	I	R	D	S	S	O
A	W	G	T	B	N	I	E	O	A	T	G
T	I	J	Y	D	C	P	D	Q	P	R	O
T	N	D	P	L	T	Q	N	T	E	M	A
A	S	N	A	N	P	W	E	O	K	V	L
C	T	O	S	S	U	P	F	N	A	Z	F
K	G	S	S	A	P	E	E	R	F	T	T
O	V	E	R	H	E	A	D	F	G	L	I

SHOULDER PASS
WING ATTACK
GOAL CIRCLE
FAKE PASS
FREE PASS
DEFENDER
THROW IN
TOSS UP

DROP
BLOCK
BOUNCE
NO GOAL
OVERHEAD
GOAL THIRD
PENALTY PASS

ARCHERY

W	O	B	E	V	R	U	C	E	R	U	A
D	H	E	N	F	E	A	T	H	E	R	S
R	H	A	P	P	S	I	G	H	T	F	I
A	C	L	H	I	I	D	O	Q	U	A	R
Y	R	E	H	C	R	A	D	L	E	I	F
B	O	R	Z	A	C	G	G	C	P	A	G
Z	S	R	W	O	B	G	N	O	L	U	S
T	S	A	A	L	N	P	U	F	V	Q	P
Y	B	U	R	T	A	R	G	E	T	K	B
Z	O	Q	U	W	D	Y	B	U	A	C	Q
R	W	O	B	D	N	U	O	P	M	O	C
X	E	I	F	L	E	T	C	H	I	N	G

RECURVE BOW   GRIP   COMPOUND BOW   DRAW

LONGBOW   SIGHT   CROSSBOW   GUNGDO

RISER   QUARREL   TARGET   FLETCHING

END   HEN FEATHERS   NOCK   FIELD ARCHERY

ARCHERY

R	E	F	L	E	V	B	L	W	P	F	P
E	W	T	X	L	E	D	I	D	W	L	A
J	C	O	C	K	F	E	A	T	H	E	R
H	J	X	B	V	U	S	T	U	Y	M	A
Y	C	O	R	X	I	O	H	E	S	I	D
Z	L	P	A	E	E	O	S	V	J	S	O
T	I	H	C	H	V	L	I	M	B	H	X
F	C	I	E	T	L	I	F	J	K	T	D
S	K	L	R	U	S	X	U	E	J	W	E
B	E	I	B	I	I	A	E	Q	R	I	F
I	R	T	H	U	V	T	F	A	H	S	X
T	S	E	R	W	O	R	R	A	P	T	C

TOXOPHILITE   BOLT
FISHTAIL   BRACER
QUIVER   BULLSEYE
FAST   COCK FEATHER
LIMB   FLEMISH TWIST
SHAFT   ARROW REST
PARADOX   CLICKER
REFLEX BOW   LOOSE

F	D	I	R	T	Y	A	I	R	C	P	W
U	F	N	H	M	R	A	B	Y	A	W	S
E	N	G	I	M	E	B	I	O	M	C	K
S	I	S	S	A	H	C	L	G	B	W	J
T	S	A	L	F	U	E	L	C	E	L	L
R	P	O	P	I	L	L	O	L	R	C	M
A	L	Z	R	R	N	E	O	R	K	A	I
C	I	G	U	E	O	G	P	M	R	W	N
K	T	A	D	S	I	N	S	B	T	S	P
B	T	D	Q	U	K	G	L	H	T	M	S
A	E	N	G	I	N	E	B	L	O	C	K
R	R	P	I	T	S	T	A	L	L	T	Z

TRACKBAR	APRON	ENGINE BLOCK
FUEL CELL	FIRESUIT	SWAY BAR
LOLLIPOP	MARBLES	DIRTY AIR
CHASSIS	PIT STALL	SPLITTER
TIGHT	SLINGSHOT	CAMBER

L	C	O	S	E	A	N	O	T	Y	A	D
U	E	Z	H	A	P	P	Y	H	O	U	R
C	J	N	O	H	S	U	P	O	R	E	A
K	W	V	A	Y	E	F	Y	F	E	I	F
Y	B	A	S	P	T	I	O	G	L	O	T
D	A	Y	T	Q	R	R	D	O	I	A	I
O	G	R	O	O	V	E	S	O	O	L	N
G	C	D	C	H	W	W	T	Y	P	O	G
R	E	A	K	C	L	A	Z	R	S	Q	X
O	M	D	C	P	I	L	C	R	A	E	R
O	Z	H	A	N	D	L	I	N	G	U	K
F	A	B	R	I	C	A	T	O	R	L	Q

HAPPY HOUR	WEDGE	QUARTER PANEL
AEROPUSH	DAYTONA	STOCK CAR
HANDLING	DRAFTING	REAR CLIP
SPOILER	LUCKY DOG	FIREWALL
LOOSE	FABRICATOR	GROOVE

T	H	A	N	G	C	L	U	N	S	U	N
G	B	H	O	O	S	O	A	L	V	C	T
B	U	M	P	E	R	P	L	A	T	E	S
P	E	Y	V	C	P	U	Y	L	M	O	W
I	R	O	T	C	P	D	O	T	A	O	C
R	L	V	T	E	L	G	N	I	S	R	I
G	A	B	E	N	C	H	P	R	E	S	S
K	T	V	M	T	P	L	K	I	E	A	I
O	M	H	D	R	B	J	I	L	P	U	K
O	T	H	G	I	E	W	Y	V	A	E	H
H	A	N	G	C	L	E	A	N	T	H	G
T	A	U	Q	S	T	R	A	P	S	M	C

BENCH PRESS   BELT   BUMPER PLATES
HOOK GRIP   CHALK   HANG CLEAN
STRAPS   SINGLET   COLLARS
GLOVES   ECCENTRIC   PULLS
SQUAT   HEAVYWEIGHT
TAPE

WEIGHTLIFTING

K	R	E	K	N	U	R	L	I	N	G	T
R	B	T	H	G	I	E	W	Y	L	F	R
R	S	X	R	U	G	B	P	P	I	K	O
J	N	A	D	C	O	M	P	L	E	X	P
T	A	D	S	H	Y	S	D	N	W	Y	P
I	T	D	A	T	R	A	H	I	Q	Q	U
L	C	O	N	C	E	N	T	R	I	C	S
P	H	C	A	D	W	S	F	K	U	F	E
S	F	T	B	L	O	C	K	S	I	G	E
M	P	L	E	X	P	L	I	T	J	E	N
C	L	E	A	N	A	N	D	J	E	R	K
M	B	A	R	B	E	L	L	I	F	Y	Q

SETS   CLEAN AND JERK
REPS   CONCENTRIC
POWER   SPLIT JERK
SNATCH   DEAD LIFT
COMPLEX   KNURLING
FLYWEIGHT   BARBELL
KNEE SUPPORT   BLOCKS
SHRUG

CLIMBING

L	F	I	X	E	R	D	O	R	L	S	E
F	L	E	P	P	A	R	D	B	O	S	K
C	R	A	M	P	O	N	S	I	E	E	J
B	A	P	W	J	K	E	E	V	P	N	T
D	E	R	M	G	E	S	E	P	O	R	Y
R	S	E	W	R	N	K	Q	O	R	A	X
M	R	H	C	Y	N	I	O	X	D	H	N
B	E	S	G	O	A	Y	B	P	E	W	Y
V	V	C	T	G	O	L	V	M	X	V	J
J	A	S	C	E	N	D	E	R	I	F	E
U	R	L	L	A	W	G	I	B	F	L	C
S	T	Q	N	K	C	T	A	Z	L	I	C

SHERPA KNOTS CLIMBING WALL
ROPES RAPPEL ASCENDER
BELAY TRAVERSE HARNESS
BIVY CRAMPONS BIG WALL
CWM FIXED ROPE SCREE

C	A	R	A	P	I	N	F	G	R	Q	B
H	E	I	R	N	G	Y	L	N	M	L	A
A	D	C	O	R	C	A	H	G	I	B	B
L	U	P	U	R	C	H	J	N	E	G	S
O	T	D	T	I	O	R	O	I	A	H	A
V	I	R	E	N	I	B	A	R	A	C	B
E	T	R	K	L	A	H	C	E	S	E	S
R	L	U	T	O	P	N	O	D	B	S	E
H	A	D	N	E	X	I	L	L	F	K	I
A	C	A	D	C	F	A	T	U	I	J	L
N	A	E	H	A	N	D	H	O	L	D	W
G	L	A	C	F	S	R	Y	B	N	J	L

BOULDERING   COL

HANDHOLD   FACE

OVERHANG   PITON

ANCHOR   ROUTE

GLACIER   SADDLE

CHALK   ALTITUDE

ABSEIL   CARABINER

CRAG

CYCLING

```
C O R B A T T A C K V Z G
Y E L M O R E I N L A P N
C Y P I T E S K N A R C I
L R I L W S U F I V X D L
O A C C A I S K V E U R C
C Y C L E S P E E D W A Y
R D C L B D E I L R O F C
O G N I R E N R O C H T K
S U T H U D S I D U G I C
S P U C H A I N R T E N A
D E C A P R O T O M A G R
A C K K V D N P M R R V T
C Y E L L O W J E R S E Y
```

TRACK CYCLING	TUCK	CYCLE SPEEDWAY
SUSPENSION	KEIRIN	MOTOR PACED
HILL CLIMB	DRAFTING	VELODROME
CLASSIC	CORNERING	CRANKSET
GEARS	CYCLOCROSS	ATTACK
RPM	YELLOW JERSEY	CHAIN

CYCLING

```
F  R  E  E  S  T  Y  L  E  M  H  G  L
O  M  C  R  O  S  S  W  I  N  D  N  A
T  N  E  F  L  Q  I  K  L  A  Z  I  I
H  B  N  E  X  E  C  N  E  D  A  C  R
U  H  D  O  D  T  G  E  E  L  L  A  T
S  L  O  Q  T  S  T  B  H  E  T  R  E
P  W  A  C  N  O  A  M  W  M  T  D  M
R  S  R  A  B  E  L  D  N  A  H  A  I
I  E  C  N  A  R  F  E  D  R  U  O  T
N  I  M  E  T  R  L  G  P  L  B  R  G
T  K  Z  L  N  F  R  A  M  E  E  E  H
E  K  I  B  N  I  A  T  N  U  O  M  N
R  C  O  M  M  I  S  S  A  I  R  E  D
```

COMMISSAIRE	FLAT	TOUR DE FRANCE
TIME TRIAL	FRAME	ROAD RACING
SPRINTER	PELOTON	CROSSWIND
WHEELIE	FREESTYLE	CADENCE
STAGE	HANDLEBARS	SADDLE
HUB	MOUNTAIN BIKE	ENDO

T	R	E	A	O	I	N	G	D	R	G	Q	K
G	N	I	H	T	A	E	R	B	J	L	T	C
D	O	L	B	H	I	A	H	V	E	A	N	I
P	U	L	L	B	U	O	Y	N	O	R	L	K
S	W	L	M	G	O	G	G	L	E	S	W	N
K	U	K	E	Q	J	T	F	E	M	O	A	I
C	R	F	W	L	H	R	Q	V	S	K	R	H
O	I	S	W	I	M	S	U	I	T	L	C	P
L	L	I	R	D	K	C	U	D	X	T	T	L
B	R	E	E	T	H	I	R	D	W	M	N	O
F	Q	E	L	D	D	A	P	Y	G	G	O	D
R	E	T	A	W	G	N	I	D	A	E	R	T
O	N	L	Y	P	O	F	I	C	D	W	F	U

DIVE	DOLPHIN KICK	FLOAT	TREADING WATER
LENGTH	LIFEGUARD	GOGGLES	DUCK DRILL
PULL BUOY	BLOCKS	BREATHING	SWIMSUIT
FRONT CRAWL	DRAG	DOGGY PADDLE	RELAY

SWIMMING

B	F	S	T	M	E	D	L	E	Y	N	E	S
F	G	L	I	D	E	N	P	H	A	E	B	E
G	T	L	I	K	B	R	I	L	V	D	K	I
H	A	L	B	P	U	R	Y	R	B	P	H	H
B	R	E	A	S	T	S	T	R	O	K	E	C
D	Z	C	C	N	T	U	V	Z	T	L	S	T
M	A	M	K	Y	E	Q	R	B	T	B	H	A
C	N	Z	S	A	R	S	K	N	O	F	X	C
L	D	L	T	N	F	G	L	Q	M	Q	W	T
L	R	J	R	E	L	B	O	W	W	A	V	E
S	I	B	O	D	Y	R	O	L	L	I	O	V
O	L	Y	K	X	C	I	P	M	B	W	F	C
F	L	I	E	L	Y	T	S	E	E	R	F	Z

CAP	BACKSTROKE	GLIDE	BREAST STROKE
CATCH	FLIP TURN	BOTTOM	BODY ROLL
BOW WAVE	MEDLEY	FREESTYLE	CHLORINE
BUTTERFLY	POOL	TARZAN DRILL	LANES

ULTIMATE

P	O	R	E	R	S	I	D	E	A	R	M	N
D	K	C	S	I	D	G	N	I	Y	L	F	S
N	P	C	P	F	N	S	S	F	V	S	O	S
A	H	W	I	T	U	T	R	A	V	E	L	A
H	A	P	R	R	O	I	E	E	W	Z	M	P
K	U	K	I	J	B	K	L	A	P	T	N	H
C	W	C	T	C	F	N	D	M	K	P	Y	S
A	D	I	B	Z	O	I	N	L	G	W	O	U
B	U	L	L	E	T	P	A	S	S	B	H	P
K	A	F	K	Q	U	Y	H	K	I	L	G	E
K	N	A	M	N	O	R	I	A	C	G	R	L
Q	F	J	C	U	T	T	E	R	S	I	T	H
M	A	E	T	E	L	B	U	O	D	Q	P	L

FLYING DISC   CUP   DOUBLE TEAM   FAKE

IRON MAN   BRICK   BACKHAND   TRAVEL

LAYOUT   SIDEARM   CUTTERS   POPPERS

FLICK   HANDLERS   SPIRIT   PUSH PASS

BID   BULLET PASS   PICK   OUT OF BOUNDS

ULTIMATE

T	H	R	O	V	A	L	L	E	S	M	X	N
U	S	A	Y	E	P	O	S	T	U	C	F	E
R	E	W	O	R	H	T	A	O	T	O	N	D
N	E	L	B	T	J	L	K	S	R	D	H	I
O	G	M	E	I	L	L	T	C	Z	K	C	S
V	P	A	M	C	A	A	E	O	G	L	A	K
E	K	M	O	A	B	W	N	O	V	X	T	A
R	J	U	H	L	H	E	I	B	H	I	C	E
G	N	I	W	S	L	A	L	E	S	N	P	R
T	H	G	P	T	U	X	L	R	L	W	C	B
H	M	U	P	A	N	C	A	K	E	A	L	I
L	L	N	C	C	B	G	O	C	S	I	V	E
L	I	M	A	K	I	N	G	A	P	L	A	Y

STALL COUNT	PULL	VERTICAL STACK
GOAL LINE	SWING	BREAK SIDE
HOMEBOY	SCOOBER	END ZONE
HAMMER	PANCAKE	THROWER
PIVOT	TURNOVER	FORCE
WALL	MAKING A PLAY	HUCK

SQUASH

H	A	L	N	C	O	R	T	J	L	F	D	H
E	V	I	R	D	T	H	G	I	A	R	T	S
S	C	S	E	S	F	W	T	Y	O	D	Q	B
K	P	U	T	A	W	A	Y	P	V	Q	D	X
O	Y	H	R	R	X	T	S	A	O	B	L	Q
U	E	G	I	I	O	H	I	T	D	Y	L	J
T	L	H	E	K	O	K	P	G	D	A	A	M
L	L	B	V	T	U	Z	E	O	H	U	B	L
I	O	T	E	H	C	S	W	V	D	T	T	T
N	V	B	R	T	O	N	I	W	X	A	O	C
E	D	A	V	R	E	K	A	M	T	O	H	S
H	A	L	F	C	O	U	R	T	L	I	N	E
S	T	R	I	A	T	D	R	I	V	F	U	J

SHOT MAKER	LOB	HALF COURT LINE
HOT BALL	TIGHT	DROP SHOT
STROKE	BOAST	PUTAWAY
DOWN	OUTLINE	VOLLEY
NICK	RETRIEVER	THE T
GET	STRAIGHT DRIVE	TAXI

T	O	H	S	L	L	I	K	P	U	T	O	N
R	Q	X	O	B	E	C	I	V	R	E	S	R
Q	D	U	Z	G	E	R	Q	N	Z	L	L	U
F	F	U	A	V	K	K	E	Y	V	D	T	T
P	O	W	E	R	P	L	A	Y	E	R	L	E
N	O	T	U	R	T	W	M	F	H	I	I	R
V	T	A	K	I	S	E	A	Z	A	A	K	C
R	F	U	N	B	C	V	R	R	A	L	L	Y
G	A	M	E	B	A	L	L	C	M	D	A	B
X	U	C	C	F	H	A	N	D	O	U	T	O
X	L	F	K	A	K	J	O	Q	E	U	P	X
T	T	T	A	E	M	Y	Y	Q	E	E	R	P
A	S	H	O	R	T	L	I	N	E	D	R	T

FOOT FAULT	LET	QUARTER COURT
GAME BALL	RALLY	SERVICE BOX
WARM UP	RETURN	KILL SHOT
SWAYZE	HANDOUT	RACKET
FAKE	SHORT LINE	NOT UP
TIN	POWER PLAYER	RAIL

WINTER SPORTS

```
B A N Y U K I G A S S E N
G S N G N I I K S N N O S
N T P C G G A N I O Y G N
I C Y E U O D C T W E S O
T O B O E R E E Q G K K W
H O G K E D L U U O C F B
C L U G E E S I Z L O L I
A F R H K S B K N F H E K
Y E W S H K O D A G E T I
E D O I V B B A Z T C O N
C S N O W B O A R D I N G
I N S A O B D B S L E N N
Y L T O B I A T H L O N G
```

SNOW RUGBY   SKIING   SPEED SKATING   SHINNY

ICE HOCKEY   BOBSLED   YUKIGASSEN   BIATHLON

CURLING   SNOW GOLF   SKELETON   SNOW BIKING

LUGE   ICE YACHTING   BANDY   SNOWBOARDING

```
L T Q N P I N A B A U E R
A W L H D L I Z Z L C G W
Y H O P O R D H T A E D A
B M O H A W K F A R U E T
A X P L C Z I A F I F E C
C P J T F L T P U R G O H
K M U V F A U L S O N H
S U M P N I P S L E M A C
P J P S U V Z K S K X H G
I P D A S X F Z P E I C U
N I P S N N A M L L E I B
C L I F Y J C K I E E P M
S F P O O L E O T S S K V
```

CHANGE EDGE
LOOP JUMP
FLIP JUMP
SALCHOW
SPIRAL
LIFT

AXEL
TWIZZLE
TOE LOOP
INA BAUER
CAMEL SPIN
LAYBACK SPIN

BIELLMANN SPIN
DEATH DROP
FULL SPLIT
CHOCTAW
MOHAWK
LUTZ

GYMNASTICS

A	E	R	O	B	I	C	S	E	K	P	F	N
Y	S	S	A	C	R	O	B	A	T	I	C	S
D	I	R	I	T	N	U	O	M	S	I	D	C
N	C	A	Y	R	L	B	S	S	O	Q	E	I
A	R	B	E	N	I	L	O	P	M	A	R	T
T	E	L	N	H	W	E	F	L	E	M	I	S
S	X	E	H	O	C	G	S	I	R	F	B	I
D	E	L	L	O	U	N	C	T	S	Y	B	T
N	R	L	C	P	V	U	T	S	A	L	O	R
A	O	A	G	N	I	L	B	M	U	T	N	A
H	O	R	I	Z	O	N	T	A	L	B	A	R
L	L	A	B	R	A	N	D	S	T	A	N	D
R	F	P	O	M	M	E	L	H	O	R	S	E

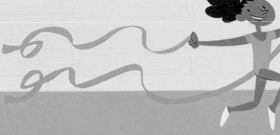

PARALLEL BARS   SPLITS   FLOOR EXERCISE

TRAMPOLINE   HOLLOW   POMMEL HORSE

DISMOUNT   TUMBLING   ACROBATICS

ARTISTIC   HANDSTAND   AEROBICS

LUNGE   SOMERSAULT   RIBBON

BALL   HORIZONTAL BAR   HOOP

GYMNASTICS

```
S T R A D D L E C A C M Q
T T E G D I R B A N H S B
R P I B F G N T T M O S X
A I S L V R I D L Q R R P
I K B A L A N C E B E A M
G E U Z E R C A A C O B U
H L L Z O U I A P D G N J
T N C H T N M N G H R E F
S U C O A W H I G S A V L
T R C K R U T M Q S P E O
A N D K D Y Y P H X H N W
N C A R T W H E E L Y U J
D E N G N I R P S D N A H
```

STRAIGHT STAND   TUCK
CHOREOGRAPHY   CLUBS
BALANCE BEAM   BRIDGE
UNEVEN BARS   CAT LEAP
HANDSPRING   STRADDLE
CARTWHEEL   WOLF JUMP
RHYTHMIC   STILL RINGS
LEOTARD
VAULT
ARCH
PIKE

LACROSSE

S	S	A	P	R	A	T	S	K	Q	C	I	C
C	R	O	S	S	C	H	E	C	K	G	J	W
L	E	I	C	E	B	Q	S	E	J	S	A	I
F	P	O	D	C	U	T	M	H	O	Y	W	N
K	E	F	P	E	B	N	T	C	Q	H	U	G
D	E	F	E	N	S	I	V	E	A	R	E	A
H	K	D	S	E	K	W	J	K	K	F	Q	R
S	L	A	S	H	I	N	G	O	E	C	G	E
G	A	O	O	S	E	M	N	P	D	R	O	A
R	O	M	R	L	B	N	P	I	R	A	O	P
G	G	S	C	O	O	P	I	N	G	D	Z	M
W	I	N	D	U	N	S	E	T	T	L	E	D
K	A	E	R	B	T	S	A	F	R	E	A	K

D CUT
POCKET
STAR PASS
GOALKEEPER
POKE CHECK
WING AREA
SLASHING
CRADLE

CROSS CHECK
FAST BREAK
CROSSE
RIDE
GOOSE
SCOOPING
UNSETTLED
DEFENSIVE AREA

```
Y S E T T E D N B U N O X
Z E N E A K L W V U I S K
T N K W S B L O R A E L C
F A C E O F F D H T H A E
D L V X I D H L T V Z Q H
Q P A S S M N L S C J C C
S E F C C R E A S E D L Y
H G D U O D B B M I H A D
R N O I T I S N A R T M O
B A T T A C K A R E A P B
Y H T Y U G U T M N F X L
K C I T S K C I U Q O K M
N Q D F E E D P A S S F W
```

CLAMP
FACE OFF
TRANSITION
CHANGE PLANES
QUICK STICK
FEED PASS
CREASE
BOX

ATTACK AREA
BODY CHECK
BALL DOWN
SETTLED
CLEAR
HOLE
MAN UP
MAN DOWN

PARA SPORTS

```
W H E E L C H A I R R A C E
H S I G H T E D G U I D E B
E S E V K N S S D I E B R L
E D N P S Z M I S K T I S I
P A R A T R I A T H L O N N
O U T R I G G E R S K I S D
G I S A K P C H J K K R T S
O N D C S B M V Y E H I K O
A V H A E L C Y C D N A H C
L I Z N T F S P L N L D M C
B C E O S E V E N A S I D E
A T L E K E T N L W R B D R
L U D W I G G U T T M A N N
L S Z Z L L A B T O O F P C
```

SIT-SKI   CP FOOTBALL   SEVEN-A-SIDE   LUDWIG GUTTMANN
AGITOS   HAND CYCLE   BLIND SOCCER   WHEELCHAIR RACE
INVICTUS   PARACANOE   SIGHTED GUIDE   PARATRIATHLON
           GOALBALL   PARALYMPIANS
                          OUTRIGGER SKIS

```
B L R E N N U R E D A L B N
S I G N I T F I L R E W O P
L E A P R O S T H E T I C P
A D A T P I E V A B T K C E
D M U C H T F N L O R K I Y
E E H Y H L E T M B H V A E
M D N E A T O N T A P M N S
Y N R A N P I N M R J H N H
R A E V I T P A D A W Y U A
O T C D I U L S Y P R A J D
S T H R O W I N G F R A M E
N R I Z Y L E S A U T R E S
E P A R A I C E H O C K E Y
S C I P M Y L F A E D T L C
```

ADAPTIVE	BIATHLON	BLADERUNNER	SPIRIT IN MOTION
TANDEM	PARA BOB	POWERLIFTING	SENSORY MEDALS
BOCCIA	EYESHADES	DEAFLYMPICS	PARA ICE HOCKEY
TETHER	LES AUTRES	PROSTHETIC	THROWING FRAME

```
L I N S I D E H O O K S I A
O V E H Y E L B B I R D L C
R A B O C R K T S R L W C O
T A C K L T C S H I E L D V
N R U T K C A B G A R D M E
O L W Z R P T C A N O B A R
C U S I H I G U L Y U C J H
L E T S V X N S H E L Y V E
L D U R P B I H X K E A J A
A P Y A R M D I O C T H S D
B L E N T U I O G O T U S K
M K D Q J H L N C J E J J I
H C U O T T S R I F W P K C
D L E S C I S S O R K I C K
```

OVERHEAD KICK   JOCKEY   DRAG BACK TURN

SCISSOR KICK   CUSHION   BALL CONTROL

HEEL CATCH   ROULETTE   FIRST TOUCH

DRIBBLE   INSIDE HOOK   PUSH PASS

SHIELD   SLIDING TACKLE   RABONA

```
L E Y E L L O V E D I S J E
T U T S I O E V A L L E Y R
O N E U C R U Y F F T U R N
H C V E R T Z F E I D A P F
S D I V I N G H E A D E R L
P I S H U O A N D I O H Z I
I N R T E C P N T S N S P C
H T M Q L T E M D X Q T S K
C E R B O S E L A S T I C O
G R A B W E P Z G N H D M V
F C R D T H R N K G K O G E
I E L A E C O Z K D U C O R
S P S H N R X T S Z F J G T
F T B L O C K T A C K L E Q
```

DIVING HEADER   JUGGLE   TURN AND SHOOT

SIDE VOLLEY   ONE TWO   BLOCK TACKLE

CHIP SHOT   INTERCEPT   FLICKOVER

NUTMEG   CRUYFF TURN   ELASTICO

FEINT   CHEST CONTROL   HEADER

BASEBALL

P	K	Z	O	G	R	O	U	N	D	B	A	L	L
A	C	E	N	T	E	R	F	I	E	L	D	S	X
E	O	S	W	S	A	L	Q	K	T	M	D	M	O
L	L	A	B	Y	L	F	L	Q	B	H	N	F	B
C	D	B	D	E	T	A	L	P	E	M	O	H	S
R	U	T	C	L	B	U	B	U	N	T	M	Y	R
I	G	S	Z	G	E	D	U	G	O	U	A	Y	E
C	O	R	R	V	E	I	N	N	Z	T	I	O	T
K	U	I	L	E	F	T	F	I	E	L	D	B	T
C	T	F	G	Y	L	S	E	N	K	K	C	T	A
E	G	A	R	E	V	A	G	N	I	T	T	A	B
D	R	E	Q	G	U	M	P	I	R	E	X	B	U
N	E	P	L	L	U	B	L	T	T	J	V	W	E
O	P	O	T	S	T	R	O	H	S	L	Z	H	W

BATTER'S BOX   BALK   ON DECK CIRCLE   UMPIRE

SHORT STOP   BATBOY   STRIKE ZONE   BULLPEN

FLY BALL   DIAMOND   LEFT FIELD   FIRST BASE

INFIELD   HOME PLATE   DUGOUT   CENTER FIELD

BUNT   GROUND BALL   INNING   BATTING AVERAGE

D	L	E	I	F	T	H	G	I	R	D	R	J	N
L	D	S	A	F	E	O	C	C	U	D	H	D	H
Z	C	A	T	C	H	E	R	S	B	O	X	N	T
B	T	B	E	N	C	H	M	E	D	U	E	U	H
O	S	D	N	D	M	O	T	T	O	B	U	O	I
U	E	N	I	L	S	S	A	R	G	L	M	M	R
T	U	O	L	N	Y	T	G	K	H	E	P	S	D
F	G	C	L	F	D	R	A	B	R	P	R	R	B
I	A	E	U	F	Y	I	E	U	I	L	J	E	A
E	E	S	O	O	B	K	N	T	A	A	A	H	S
L	L	Y	F	K	J	E	O	F	T	Y	F	C	E
D	G	B	N	C	S	U	R	R	S	A	H	T	H
J	I	N	F	I	E	L	D	F	L	Y	B	I	A
C	B	X	J	P	M	W	S	X	I	Q	Z	P	Y

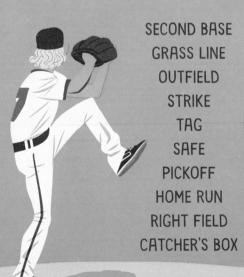

SECOND BASE   BENCH

GRASS LINE   BATTERY

OUTFIELD   THIRD BASE

STRIKE   BIG LEAGUES

TAG   PITCHER'S MOUND

SAFE   DOUBLE PLAY

PICKOFF   INFIELD FLY

HOME RUN   FOUL LINE

RIGHT FIELD   BOTTOM

CATCHER'S BOX   OUT

THROWING SPORTS

```
F I N N Y R E V I L E D C A
R E V E I R T E R I L P P H
T C G P E L G Q Q V C P C A
R F E W X M E V S N R T X C
E I P I V O T V O O I Z V C
L N J G P O G I A W C Y O E
L N R D N Y T C S J G D J L
U I E E R I H T L A N N J E
P S M C S A O W P W I H Z R
E H M N F O O U M F W W D A
P G A A F D D B S G O U W T
A R H T A N O O E U R K P I
T I L S I T U P T O H S Q O
A P O W E R P O S I T I O N
```

POWER POSITION	WIND UP	THROWING CIRCLE
ACCELERATION	DELIVERY	FINNISH GRIP
TAPE PULLER	RETRIEVER	TRANSITION
TOE BOARD	FOOT SWITCH	APPROACH
SHOTPUT		JAVELIN
HAMMER		STANCE
PIVOT		V GRIP

```
H G U O R H T W O L L O F S
G N P Q O E L T B A W Z Z O
W I I T T D P R W A L O K S
H K R A C T R A T S T R K P
S C G R E T R T A Y A R X E
B O N A S D I S C M S J S T
G C A S H Y O H K T M A X S
Z N C T W R E C O V E R Y S
F L I G H T E U M L A S M S
H W R K L H N O E V S U M O
D X E U C I V R V J U C J R
S N M L P O D C Q P R S A C
M E A S U R L E H D E I V E
C R O S T O P B O A R D N V
```

CROUCH START	GLIDE	FOLLOW THROUGH
STOP BOARD	DISCUS	CROSS STEPS
RECOVERY	RELEASE	CHECKMARK
COCKING	MEASURER	BLOCKING
SECTOR	WITHDRAWAL	T START
SPIN	AMERICAN GRIP	FLIGHT

BADMINTON

T	P	V	P	X	S	W	E	E	T	S	P	O	T
D	O	U	B	L	E	S	A	N	O	T	U	W	M
E	N	H	W	C	R	E	G	N	L	U	D	G	A
C	L	E	S	R	V	B	L	O	C	K	H	B	X
T	O	H	S	T	E	N	N	I	P	R	I	A	H
P	V	M	R	S	R	H	E	T	F	G	J	C	H
T	A	Y	U	F	S	U	V	P	D	T	B	K	Q
I	C	L	E	A	R	G	O	E	L	A	Y	S	J
O	Q	D	M	X	H	C	F	C	S	M	K	W	X
N	X	S	R	E	H	T	A	E	F	C	K	I	H
B	I	R	D	I	E	S	L	D	I	L	X	N	W
T	Q	Y	Z	C	V	I	U	L	L	N	A	G	U
H	A	I	R	P	N	E	F	T	R	N	T	H	M
K	C	O	C	E	L	T	T	U	H	S	B	X	S

BACKSWING
DECEPTION   BLOCK
BASELINE   DOUBLES
SMASH   FEATHERS
CLEAR   SWEET SPOT   BIRDIE
DRIVE   SHUTTLECOCK   SERVE
FLICK   HAIRPIN NET SHOT   FEINT
LIFT   HALF COURT SHOT

BADMINTON

```
B A C K H A N D G R I P C M
Z S J K E V R E S K C I L F
R A L L Y O Y L A X O X R F
A Q F I P M Z Z R K C R C R
C F M S C D W O O D S H O T
K N H M N E T S E O T S N K
E O G D D A N I S H W I P E
T R U O C K C A B T O L N U
L O B J K G R H Y P A U C Q
U L U C P I M G E T Z N O C
A N I C N N L M Z O B G C V
F W O O H T A L H C W E V E
F R Y I N G P A N G R I P Q
D R O P T O H S T E N I E L
```

LOB   DANISH WIPE   SLICE
RALLY   WOOD SHOT   FAULT
STANCE   NET SHOT   RACKET
FLICK SERVE   LUNGE   DROP SHOT
    TOUCH   GAME POINT
    KILL   BACK COURT
    BACKHAND GRIP
    FRYING PAN GRIP

EQUESTRIAN

N	G	A	S	O	G	N	I	T	N	E	V	E	D
C	A	N	T	E	R	M	S	P	N	Z	T	S	X
F	L	A	I	R	C	S	Y	U	E	L	Y	R	P
C	L	H	R	P	O	T	D	H	T	W	G	U	I
C	R	O	K	R	E	M	L	S	I	D	W	P	I
S	P	M	U	B	R	U	S	H	F	E	N	C	E
L	G	Y	P	K	H	A	J	A	N	P	T	R	L
K	N	G	A	L	L	F	P	W	Y	R	Q	Z	O
Y	R	T	N	U	O	C	S	S	O	R	C	U	E
S	H	O	W	J	V	A	P	T	N	H	G	Q	D
L	Y	Z	T	B	D	E	L	C	A	T	S	B	O
F	A	L	C	D	N	J	R	N	Y	O	O	A	R
B	Z	C	L	E	A	R	R	O	U	N	D	U	V
U	S	E	L	Y	K	O	M	C	Q	R	E	Q	U

BRUSH FENCE   GYMKHANA   STIRRUP   CANTER

CLEAR ROUND   GALLOP   EVENTING   COURSE

SHOWJUMPING   OBSTACLE   FAULTS

CROSS COUNTRY   SADDLE

RODEO

TROT

1   1

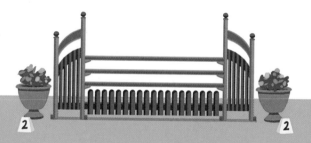

```
R E N S B Y K J W S V N A S
M U H A L F P A S S E D T D
T A L L T O D R E S S A G E
H N D A C I P T O X L P R Y
O W I B D R O P F L D C E J
R A L O H B N N I F I Y E V
O A E E P A Y O A B T C P H
U Y P L H O N Y R L C Z C O
G Z K D J M T D E T H F K E
H A L I A P S T I U O U J C
B E D R O P F E N C E A N D
R W E B S U H T S I A S N T
E L A S U F E R U G O P L S
D F L A T R A C I N G P K P
```

FLAT RACING	REINS	POINT TO POINT	BRIDLE
STALLION	HUNTER	HALF PASS	REFUSAL
PONY	DRESSAGE	HANDICAP	DROP FENCE
MARE	NATIONAL HUNT	DITCH	THOROUGHBRED

TABLE TENNIS

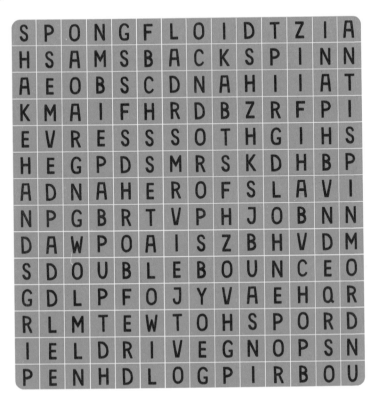

S	P	O	N	G	F	L	O	I	D	T	Z	I	A
H	S	A	M	S	B	A	C	K	S	P	I	N	N
A	E	O	B	S	C	D	N	A	H	I	I	A	T
K	M	A	I	F	H	R	D	B	Z	R	F	P	I
E	V	R	E	S	S	S	O	T	H	G	I	H	S
H	E	G	P	D	S	M	R	S	K	D	H	B	P
A	D	N	A	H	E	R	O	F	S	L	A	V	I
N	P	G	B	R	T	V	P	H	J	O	B	N	N
D	A	W	P	O	A	I	S	Z	B	H	V	D	M
S	D	O	U	B	L	E	B	O	U	N	C	E	O
G	D	L	P	F	O	J	Y	V	A	E	H	Q	R
R	L	M	T	E	W	T	O	H	S	P	O	R	D
I	E	L	D	R	I	V	E	G	N	O	P	S	N
P	E	N	H	D	L	O	G	P	I	R	B	O	U

LOB	PIPS	BACKSPIN	FOREHAND
CHOP	FLIP	ANTISPIN	CROSSOVER
DRIVE		PADDLE	DROP SHOT
HEAVY		SPONGE	PENHOLD GRIP
SMASH			DOUBLE BOUNCE
			HIGH TOSS SERVE
			SHAKE HANDS GRIP

```
S P I N G R E L L I N E E S
E U C L O S E D R A C K E T
E S U Q P K N B Y D Q Q D I
M H Q O O X I L B L O C K G
I G O S S P L B D U C Q R H
L L A B D A E D X T R E O T
L N B K R X H N P H O T W F
E R A D J Z T I R Y S R T V
R D C B H C N X Y A S I O F
G C K J L G W G S J C A O P
R A H P P A O H C Y O K F O
I R A O I D D E E P U R E L
P P N H G P P E Y C R B L T
I G D Q E V I M F T T I U H
```

CLOSED RACKET   BLADE   BLOCK   CHO

SEEMILLER GRIP   RUBBER   RALLY   DEEP

DOWN THE LINE   DEAD BALL   TIGHT   PUSH

CROSS COURT   PING PONG   LOOP

OPEN RACKET   FOOTWORK

BACKHAND

```
B A C O A T H A N G E R N R
S P E C G M D B Y T O O F E
K N B L I N D X V D A J G T
B R O W N L O W M E D A L T
A S G N O S B U L C T M S U
C L B S D N Q M E N B J A C
K Y A L P E R L A N I F O Y
P U N I N E D V H R I A B S
O E A L G I D P S L K L P I
C O N G J A X T R P I E U A
K H A N D B A L L N C R L D
E T N U P P O R D K X Y L E
T O O F T B M E Y H S D A P
Y P O S T E R E I W R R B G
```

FINAL REPLAY	MARK	BROWNLOW MEDAL
CLUB SONGS	TAGGER	BACK POCKET
HANDBALL	BLINDER	ADVANTAGE
BALL-UP	DROP PUNT	BANANA
SPECKY	COATHANGER	POSTER
MAJOR	DAISY CUTTER	FOOTY

```
R D F R E E K I C K O P Z O
C E N T R S L O B E N B N L
N E R I S L A N I F E O K S
T O P E H O H S L I H S G N
W M R O V E R H L M U S B O
U E C N U O B E S T N O C I
M L H O A R A P W Y D U L S
A Y E L U D A H V E R S A S
X T C C S G J E P L E O N E
E L K C A T P R O T D K G S
U A S D H C O D U E C N E S
M N I R X T R C P A L A R O
R E D D A L P E T S U I Y P
F P E N K E N R U O B L E M
```

LEADS	POSSESSIONS
CLANGER	FREE KICK
CHECKSIDE	BOUNCE
STEPLADDER	TACKLE
ONE HUNDRED CLUB	ROVER
FINAL SIREN	BEHIND
SHEPHERD	TORPEDO
PENALTY	MELBOURNE
UMPIRE	
RUCK	

```
C H O B E K I B E L C S U M
V I I C E R A C I N G J D M
E L B M A R C S E R A H M W
D L D S R E H T A E L O U U
R C R E Y S Y N X G P R S K
A L T O E U D U O A J S O S
G I C H O P P E R T L E L P
R M M G R E S J U N Y P E R
A B R I X R Z D D I X O R I
C I X B U S F Y N V T W I N
I N D U R P A W E A S E K T
N G A U T O R A C E L R E I
G N I C A R R A C E D I S N
R A N M O T O C R O S S N G
```

HILL CLIMBING   ENDURO   SIDECAR RACING

MUSCLE BIKE   LEATHERS   HARE SCRAMBLE

MOTOCROSS   LAND SPEED   DRAG RACING

ICE RACING   SUPERSPORT   UK SPRINTING

CHOPPER   HORSEPOWER

V TWIN   GRAND PRIX

AUTORACE

VINTAGE

```
E K L B O A R D T R A C K L
Y C R O T S C S L T K R M E
U A D X O D A O R F F O I I
R R W H M E U Q R O T S Y L
A T E D R A L X J O L S R E
L S U P E P V R G E E C O E
L S M O P E Z P O T K O A H
Y A P E U X P F L U I U D W
R R A L S D M S I O B N R R
A G N I C A R K C A R T A E
I S L E N G C M M Y E R C D
D I R T T R A C K O P Y I T
M O T O G E C N A R U D N E
T S S O R C R E P U S C G V
```

APEX   TRACK RACING   RALLY RAID
TORQUE   ROAD RACING   SUPERCROSS
MOTO GP   DIRT TRACK   BOARD TRACK
OFFROAD   SUPERBIKE   CROSS COUNTRY
SPEEDWAY   WHEELIE
SUPERMOTO
ENDURANCE
GRASS TRACK
ISLE OF MAN TT

EXTREME SPORTS

```
S O C A V E D I V I N G G G
G N I P M U J E S A B N N N
N G N I B M I L C E C I I I
I N M W R C M D Z R K F T D
D I G N I C A R R I A R A R
R V B G O N N Q B H Z U K A
A I A L J J D N M F O S S O
O D J I G N I S I N G E T B
B Y Z D X A A U U T D T R E
Y K K I T E S U F R N I E T
D S S N O C R O S S F K V A
O C U G Y Y B D M D F I J K
B O G N I D R A O B W O N S
M Y G T R I C K L I N I N G
```

BODYBOARDING   GLIDING   SKATEBOARDING   SKYDIVING
WINDSURFING   TRICKLINING   VERT SKATING   ICE CLIMBING
AIR RACING   KITE SURFING   CAVE DIVING   BASE JUMPING
MMA   SNOWBOARDING   SNOCROSS   MOUNTAIN BIKING

```
G N I Y L F T I U S G N I W
S T R E E T L U G E R O G J
G N I L I A S D N A L H N I
N J T R J A T H I O P T I G
I S R K E U Q R D A A A B N
D U U L T R A M R T R R M I
I R C T S B X A A R K A I D
R F K J K G G M O Y O M L I
L I R P I L L Z B N U A C L
L N A E I C E R E J R R O G
U G C D N I Q P K V G T L G
B U I H G T R I A T H L O N
S N N D S A I L W I N U S A
G L G N I I K S R E T A W H
```

SOLO CLIMBING   SURFING   WINGSUIT FLYING   TRIATHLON
PARAGLIDING   BULL RIDING   HANG GLIDING   WATERSKIING
JET SKIING   LAND SAILING   STREET LUGE   TRUCK RACING
BMX   WAKEBOARDING   PARKOUR   ULTRAMARATHON

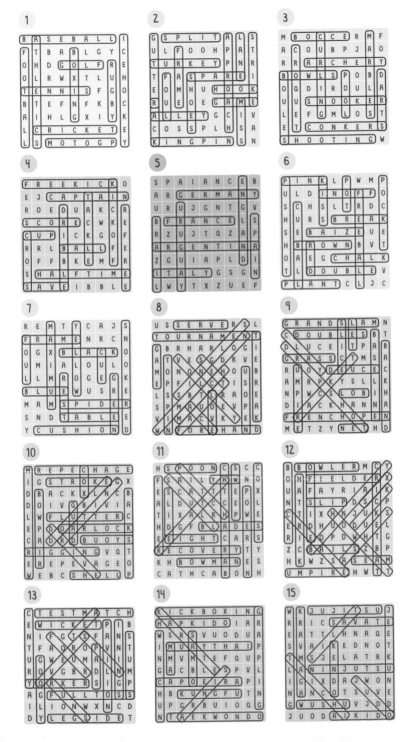

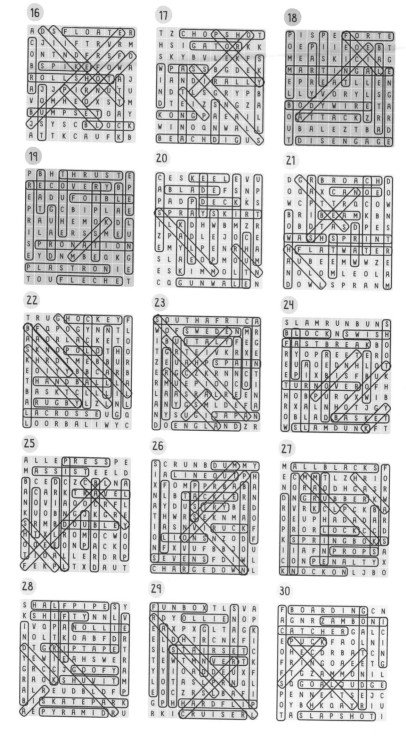

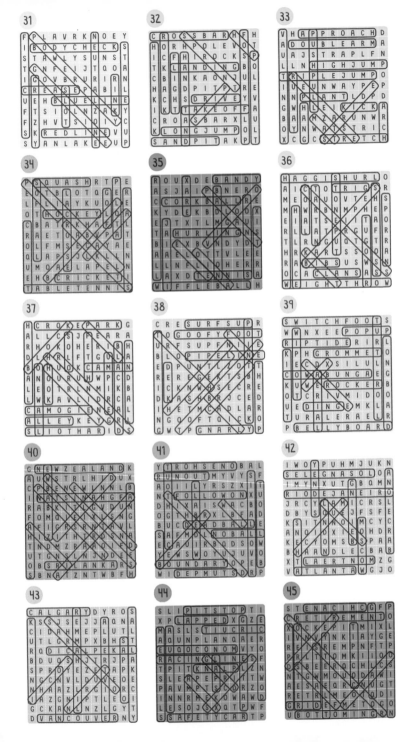

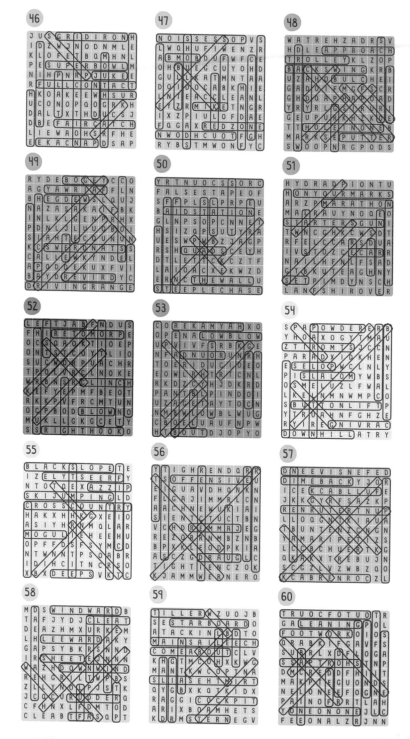

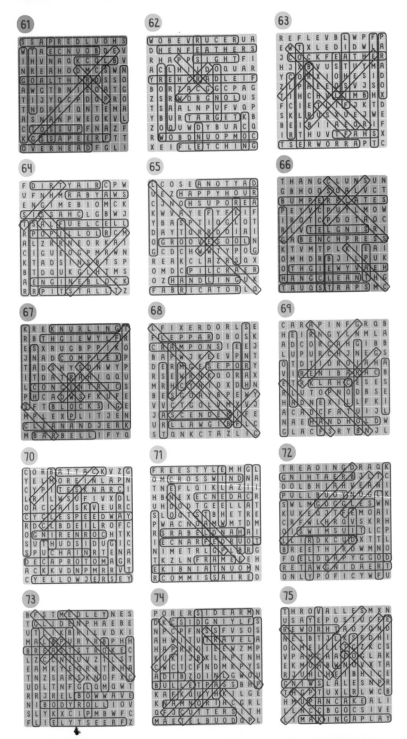

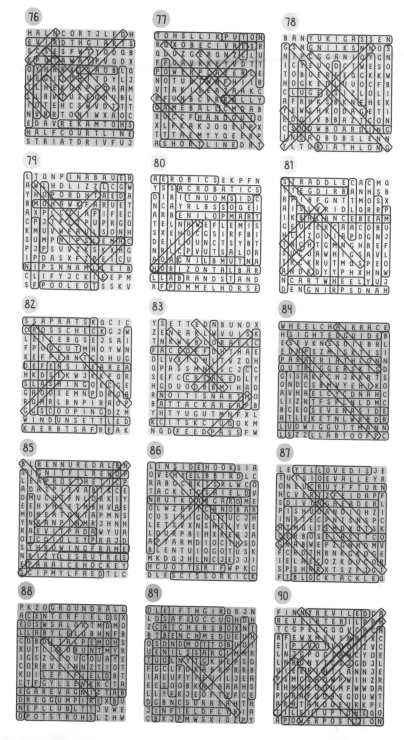

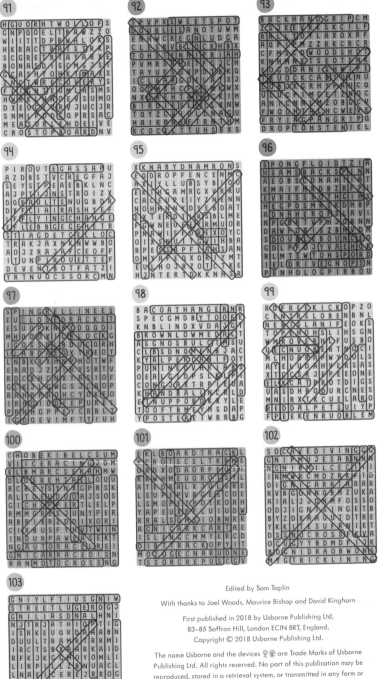

Edited by Sam Taplin

With thanks to Joel Woods, Maurice Bishop and David Kinghorn

First published in 2018 by Usborne Publishing Ltd,
83–85 Saffron Hill, London EC1N 8RT, England.
Copyright © 2018 Usborne Publishing Ltd.